La nuit des temps
FichesdeLecture.com

LA NUIT DES TEMPS (FICHE DE LECTURE) 4

I. INTRODUCTION
- *L'auteur*
- *L'œuvre*

II. RÉSUMÉ DU ROMAN

III. PRÉSENTATION DES PERSONNAGES

IV. AXES DE LECTURE

DANS LA MÊME COLLECTION EN NUMÉRIQUE 28

À PROPOS DE LA COLLECTION 35

La nuit des temps
(Fiche de lecture)

I. INTRODUCTION

L'auteur

René Barjavel (1911-1985) est un journaliste et auteur français, surtout connu pour ses romans de science-fiction qui touchent au sous-genre de l'anticipation. Son œuvre reprend souvent les mêmes thèmes d'excès de la science menant à une guerre destructrice, qui s'oppose à l'immortalité de l'amour, dans un style qui se veut poétique et parfois philosophique, explorant même parfois des questions théologiques et métaphysiques. Parmi ses romans les plus connus se trouvent *La Nuit des Temps*, *Ravage*, et *Le Grand Secret*. Il est un des grands représentants de la science-fiction en France, dont il était aussi un des précurseurs.

L'œuvre

La Nuit des Temps aborde le thème du « monde perdu », fréquent en science-fiction (et reprend d'ailleurs de nombreux éléments d'œuvres plus anciennes, comme *La Sphère d'Or* d'Erle Cox), en racontant la découverte, par un groupe de scientifiques français postés au Pôle Sud, de ruines anciennes ensevelies par la glace. L'expédition internationale formée après cette découverte continue les excavations, révélant un Abri recouvert par la glace où repose Eléa, une jeune femme issue d'une civilisation vieille de près d'un million d'années. Une fois sortie de son sommeil cryogénique, Eléa partage les secrets de son peuple disparu, alors que les armées de tous les pays s'amassent autour du Pôle pour s'emparer de ses secrets en premier.

II. RÉSUMÉ DU ROMAN

Au Pôle Sud, les scientifiques français de la base Paul-Emile Victor, avec parmi eux le Dr. Simon, effectuent une mission de routine pour tester un nouveau sondeur glaciaire. Dans les relevés effectués par Brivaux, ils trouvent un objet étrange, des ruines anciennes sous la glace, qu'ils estiment dater de 900 000 ans au moins. Dans les relevés se trouve aussi une ligne particulière, que Lancieux décide d'analyser avant de donner ses conclusions ; Brivaux bricole les sondeurs, les rendant plus sensibles, et Louis Grey finit par annoncer que dans les ruines se trouve un émetteur en état de marche, responsable de la ligne. Il appelle Pontailler, son supérieur resté à la base, et le fait venir ; Pontailler arrive cinq jours plus tard, et l'équipe lui montre les mesures prises par les sondeurs. Pontailler décide de faire parvenir les données à Paris pour des analyses plus avancées.

Simon amène les relevés à Rochefoux, le chef des Expéditions Polaires Françaises, à Paris. Celui-ci décide d'annoncer les découvertes le plus tôt possible, et fait venir une commission de l'Unesco, à laquelle il fait écouter l'enregistrement du signal. Une grande Expédition Polaire Internationale (EPI) est organisée, composée de savants du monde entier, spécialisés dans de nombreux domaines ; une base est creusée dans une montagne du Pôle, à proximité des ruines, audessus desquelles on commence à creuser le Puits. L'EPI communique avec le monde grâce au satellite Trio, et les scientifiques de toutes nationalités parlent entre eux grâce à la Traductrice, un ordinateur extrêmement perfectionné qui traduit leurs conversations en 17 langues grâce à des micros et des récepteurs qu'ils portent sur eux en permanence.

Dans le Puits, à 917m de profondeur, les chercheurs découvrent des animaux pétrifiés dans la glace, et les ruines, mais rien d'autre, et les animaux tombent en poussière dès qu'ils sont sortis de la glace ; la découverte d'une ville fantôme fait scandale, mais Rochefoux explique que la fragilité des corps trouvés est due à la pression que la glace a exercé sur eux pendant des millénaires. A 978m de profondeur, on découvre une zone sableuse, qui couvre une Sphère en or massif, d'où leur parvient le signal. Une porte verrouillée se trouve dans le côté de la Sphère ; après avoir inspecté la Sphère, deux scientifiques, Hoover (américain) et Léonova (russe) remontent, mais Hoover est pris dans un éboulement qui le laisse blessé au crâne et fait deux morts et quatre blessés ; l'éboulement révèle un couloir qui part de la salle de la Sphère.

Le lendemain de cette découverte, une conférence est organisée entre les membres de l'expédition ; Léonova suggère qu'il ne faut pas ouvrir la porte, Rochefoux ajoutant que la Sphère est peut-être piégée. Les difficultés que l'expédition rencontre à percer la Sphère entraînent l'acquisition d'un « plaser » (chalumeau plasma et laser). La Sphère est enfin ouverte, sous les yeux des téléspectateurs du monde entier ; Simon entre en premier, suivi de Hoover, Léonova et les autres. Higgins, un des techniciens, passe soudain à travers un mur, qui s'écroule, révélant Higgins mort, transpercé par un pieu d'or. Un piège est activé, diffusant un gaz toxique ; les scientifiques sont forcés de sortir de la Sphère.

La présence de la presse augmente les tensions à l'EPI ; le gaz de la Sphère est aspiré et analysé, et une équipe redescend dans la Sphère, y découvrant une structure importante, en forme d'œuf. Le signal vient de l'intérieur de l'Oeuf, que Hoover fait ouvrir au plaser. Pendant ce temps, Simon et Léonova découvrent une pièce dans laquelle se trouvent six androïdes[1], qui tombent en poussière lorsque Léonova les photographie. La paroi de l'Oeuf résiste au plaser, et Hoover la fait sauter à l'aide de puissantes ventouses. Léonova et Simon entrent enfin dans l'Oeuf, en combinaison spéciale ; ils y trouvent deux êtres humains nus, un homme et une femme, portant chacun un masque, enfermés dans des blocs de glace dont la température approche le zéro absolu[2]. Simon annonce que les deux individus étaient en vie lorsqu'ils ont été placés dans les blocs, et propose de les réanimer.

Les Nations Unies débattent pour savoir si l'EPI a le droit éthique de réanimer l'homme et la femme ; on estime aussi la quantité d'or présente dans les ruines à 200 000 tonnes, que le délégué pakistanais propose de distribuer aux nations les plus pauvres ; le délégué américain répond que la technologie présente dans l'Oeuf sera sans doute plus intéressante. Le délégué français rappelle que le Puits se trouve sur territoire français (dans une zone française du Pôle Sud), mais annonce que la France renonce à ses droits, et demande à l'Assemblée de choisir quelle équipe s'occupera de la réanimation des deux individus. En réponse, les scientifiques de l'EPI annoncent qu'ils dénient à toute nation le droit de s'approprier l'or, qui doit

---

[1] Robot à forme humaine.
[2] -273,15 degrés Celsius.

être partagé équitablement entre tous les pays, et qu'ils ne vont confier le couple à personne, invitant des spécialistes de plusieurs pays (Forster, Moïssov, Zabrec, Van Houcke, Haman et Lebeau) au Pôle pour effectuer la réanimation.

L'ONU vote l'envoi de Casques bleus au Pôle, pour forcer les scientifiques à coopérer, et Hoover répond par satellite, menaçant de faire sauter le Puits avec la Pile atomique qui alimente toute la base, si l'EPI est attaquée ; Léonova rappelle que l'expédition elle-même est le résultat d'un effort général de l'humanité, et demande à tous les peuples d'influencer leurs dirigeants ; l'ONU vote contre l'envoi des Casques bleus. Les réanimateurs arrivent à la base, et établissent une salle de réanimation directement dans l'Oeuf ; après débats, on décide de réanimer la femme en premier.

La réanimation a lieu : on enlève enfin le masque de la femme, révélant sa grande beauté ; Simon tombe amoureux d'elle immédiatement. Le réveil de la femme fait sensation dans le monde entier ; elle-même, en revanche, est terrifiée par ce qui l'entoure, et s'évanouit. Entretemps, une paroi de l'Oeuf s'effondre, révélant des objets anciens, qui sont amenés à la salle de réanimation. Hoover observe les objets découvrant un gant qui se révèle être une arme très puissante, avec laquelle il tue Ionescu, un scientifique roumain, par inadvertance ; la femme essaie tant bien que mal de communiquer avec Simon, parvenant à lui dire qu'elle s'appelle Eléa ; on cherche à la nourrir, sans succès, sans comprendre les quelques mots qu'elle répète presque en permanence. Simon va voir Lukos, l'inventeur de la Traductrice, qui n'a pas encore réussi à percer le langage d'Eléa, malgré son accès aux objets trouvés dans l'Oeuf, parmi lesquels se trouvaient des extraits de littérature et textes divers. Lukos suggère qu'il aurait besoin de plusieurs super-ordinateurs pour traiter les données avec la Traductrice ; Simon diffuse des images d'Eléa, qui dépérit, pour obtenir le droit d'utiliser plusieurs ordinateurs. John Gartner, un hommes d'affaires qui voit la diffusion, prête ses meilleurs ordinateurs, que Lukos relie à la Traductrice. Après analyse, la Traductrice propose une traduction de la phrase qu'Eléa a répété depuis son réveil : « De mange-machine ». Simon est désespéré, mais Lukos lui montre que la machine donne des traductions parfaites des livres trouvés dans l'Oeuf ; il accorde une longueur d'ondes particulières à la langue d'Eléa, comme toutes les autres langues parlées sur la base, et Simon amène un micro et un récepteur à Eléa, parvenant enfin à lui parler. Il lui demande d'identifier la fameuse « mange-machine », que Hoover lui amène immédiatement ; elle manipule la machine, produisant des pilules qui la soignent et la nourrissent.

Léonova, voyant les effets miraculeux des pilules, demande à Eléa comment marche la mange-machine : Eléa l'ignore, mais dit que son compagnon, Coban, le saura. Eléa cherche à savoir comment va un certain Païkan, demande à Simon si lui et les autres viennent de Gondawa ou d'Enisoraï, et si la Paix est arrivée. Simon, malgré l'intervention de Lebeau, lui dit brutalement qu'elle est restée cryogénisée pendant près de 900 000 ans ; réalisant que sa civilisation a disparu depuis longtemps, Eléa essaye de s'enfuir, parvenant jusqu'à l'extérieur de la Base, et succombant au froid ; on la ramène à sa chambre.

Plus tard, Eléa demande à entendre le rapport de l'Expédition, et révèle que l'homme qui l'accompagne, Coban, était le plus grand savant du Gondawa, leur pays. En examinant la mange-machine, Hoover et Léonova se rendent compte qu'elle ne contient aucune matière première, et crée ses pilules à partir de rien ; Eléa leur explique que la machine tire la nourriture du « Tout », en se basant sur un concept scientifique, l'équation universelle de Zoran (« ce qui n'existe pas existe »), que Coban pourra leur expliquer. L'EPI informe le reste du monde de ses nouvelles connaissances : l'existence de la mange-machine, l'équation de Zoran, le Gondawa, etc., et annonce que Coban sera bientôt réanimé. On prépare la salle opératoire pour Coban, mais avant l'opération, un homme s'infiltre dans la Sphère, photographiant des dossiers confidentiels, et trouve l'arme qui a tué Inoescu, avant de se diriger vers l'Oeuf pour tuer Coban ; avant de réussir, l'homme meurt de froid. Il est trouvé le lendemain, et identifié : il s'agit de Juan Fernandez, journaliste de *la Nacion* ; le journal est contacté, et révèle que Juan Fernandez n'est pas leur employé. On déduit qu'il était un membre des services secrets d'un pays, et Rochefoux suggère de se procurer des armes pour défendre Eléa et Coban, et l'EPI ; un groupe se rend en Europe et en ramène de l'armement, et des tours de gardes sont organisés devant la chambre d'Eléa et l'ascenseur du Puits.

La réanimation de Coban commence, et les réanimateurs remarquent des traces de brûlures inquiétantes sur son corps. Pendant ce temps, Eléa répond aux questions des scientifiques dans la salle de conférence : elle indique que son numéro est 3-19-07-91, et montre sa « clé », une bague qu'elle porte au majeur. A l'aide d'un globe terrestre, elle révèle qu'à son époque, l'axe terrestre était décalé de près de 40 degrés, et que les pôles ont changé, le Gondawa tropical devenant l'Antarctique polaire. Eléa parle d'Enisoraï, le pays ennemi du Gondawa, qui se trouvait entre l'Amérique du Nord et celle du Sud, dans un territoire qui a depuis été submergé ou simplement détruit. Elle partage des souvenirs avec Simon à l'aide de deux cercles d'or qu'ils posent sur leurs têtes, montrant des images de destruction apocalyptique.

En ôtant le masque de Coban, les réanimateurs ont vu des brûlures graves sur son visage ; Coban est surveillé et gardé en permanence. Brivaux observe les cercles d'or d'Eléa ; il suggère qu'un cercle pourrait transmettre à un récepteur de télévision et, après quelques manipulations, parvient à faire fonctionner le système. Eléa parle de la troisième guerre entre Gondawa et Enisoraï, qui a duré une heure et fait 800 millions de morts, à cause de l'utilisation de « bombes terrestres » (des bombes atomiques). Elle explique aussi la nature de sa clé : chaque individu gonda reçoit sa clé le jour de sa Désignation, à l'âge de sept ans. La Désignation lie un garçon et une fille, choisis par l'ordinateur central pour leur compatibilité, qui sont alors unis à vie. Les couples sont généralement heureux, mais il arrive que la Désignation soit inexacte, et le couple est autorisé à se séparer ; Eléa était heureuse avec Païkan.

Pendant ces échanges, les grandes puissances mondiales placent leurs flottes en position au large de l'Antarctique, prêtes à envahir l'EPI pour s'emparer de Coban, ou le tuer.

Eléa montre la cérémonie de sa Désignation, et explique le fonctionnement de la clé ainsi que celui de la société gonda : après la troisième Guerre, les Gondas sont restés sous terre, parvenant à recréer un écosystème complet, avec plantes de surface et animaux ; chaque gonda reçoit tous les ans un crédit pour vivre, auquel il accède avec sa clé pour utiliser des services et se nourrir ; le crédit suffit largement, mais est diminué si le citoyen ne travaille pas (le minimum étant une demi-journée de travail tous les cinq jours). Les usines gondas sont automatisées et ne produisent pas de déchets. La clé est aussi un contraceptif, les deux parents devant l'enlever pour concevoir, rendant chaque enfant vraiment voulu. Enisoraï a aussi accès à l'équation de Zoran, mais ses citoyens n'utilisent pas de clés, sa population augmentant sans limites, lui donnant un avantage tactique ; ainsi, les énisors ont été les premiers à établir une base sur la

Lune, où commence la troisième Guerre ; après le conflit, les deux nations envoient leurs armes atomiques dans l'espace, les plaçant en orbite autour du Soleil, et établissent une zone neutre sur la Lune.

Eléa montre d'autres souvenirs : elle et Païkan visitent la Forêt Epargnée, et entendent l'annonce de la distribution d'armes G (le gant que Hoover examinait) et de Graines Noires (un poison) ; Eléa et Païkan rentrent chez eux, dans une Tour du Temps où ils travaillent (surveillant et influençant la météo) ; après une nuit passionnée, ils sont reveillés par une alerte . un satellite non-identifié se dirige vers Gondawa, et est détruit par les dispositifs de défense gondas. Le Président Lokan informe son peuple d'attaque énisores sur la Lune, mais les rassure, indiquant que l'Arme qui se trouve à Gonda-1 devrait garantir la paix en intimidant Enisoraï. Eléa montre un souvenir d'une visite de la Lune, qui était alors couverte de végétation. Elle leur parle aussi des « bergers noirs de Mars », révélant que tous les humains noirs de la Terre sont en fait originaires de Mars, d'où les gondas et les énisors les ont ramenés.

Eléa et Païkan travaillent à la Tour du Temps ; ils ont reçu leurs armes G et leurs Graines Noires avec des courriers officiels, ainsi qu'un courrier de la mère d'Eléa, qui l'informe de la situation de Forkan, son frère, militaire à Gonda 41, dont la femme Anéa est sans nouvelles. Un des courriers officiels vient de Coban lui-même, qui offre une position à l'Université à Eléa, pour éviter qu'elle soit mobilisée pendant la guerre ; Païkan propose de l'accompagner à l'Université, pour demander un poste similaire. Ils se rendent à la forêt pour s'entraîner au maniement de l'arme G (Hoover remarque que tous les gondas sont gauchers). Deux gardes universitaires viennent chercher Eléa, et Païkan les accompagne. Arrivée à l'Université, Eléa passe le test général (passé au moins une fois par an par les gondas, il leur permet d'ajuster leur mode de vie), mais la cabine est piégée ; elle est séparée de Païkan, et se retrouve face à Coban, qui la fait s'asseoir avec une autre femme, Lona ; il lui explique que l'arme située à Gonda-1 est l'Arme Solaire, dont les effets seront dévastateurs, et qu'Enisoraï veut détruire à tout prix, quitte à décimer les gondas. Pour préserver leur civilisation, Coban a construit un Abri, dans lequel il a placé de quoi rebâtir Gondawa après l'inévitable Apocalypse ; il veut y conserver l'homme et la femme les plus habiles de leur société, et a donc établi une liste de candidats, cinq femmes et cinq hommes. Parmi les femmes, seules Eléa et Lona sont encore en lice, et Lona est éliminée lorsque ses analyses révèlent qu'elle est enceinte de deux semaines. Parmi les candidats hommes, Coban lui-même s'est révélé être le plus apte, en raison de son intelligence exceptionnelle.

Léonova et Hoover demandent à voir des énisors ; Eléa leur montre un souvenir d'une visite qu'elle a faite dans leur capitale, Diédohu. Les énisors ont un physique asiatique, et une culture basée autour du Serpent-flamme, auquel ils font des sacrifices, qu'accompagne une grande cérémonie d'accouplement général. Les énisors manipulent de grandes énergies grâce à des colliers à l'effigie du Serpent-flamme, qui leur permettent de construire maisons et infrastructure, à main nue, pour leur population toujours grandissante. Eléa explique que les mères énisors peuvent choisir la durée de leur grossesse, et que les enfants sont élevés par la société entière.

Eléa critique Coban pour son choix, suggérant qu'il a choisi de sauver une très belle femme pour l'accompagner ; Coban lui répond qu'il aurait voulu sauver sa fille Doa, mais s'est résigné à un choix plus pragmatique pour assurer la pérennité de la civilisation gonda. Le Président Lokan appelle Coban : Enisoraï bombarde les bases gondas sur la Lune et Mars, Coban doit intervenir. Coban appelle Partao, à Lamoss (une nation neutre), qui contacte Soutaku, un savant énisor, qui est incapable de prendre le pouvoir en Enisoraï, comme le voulait Coban. Celui-ci annonce à Eléa qu'elle va être préparée et doit entrer dans l'Abri ; elle essaye de s'enfuir, mais se calme lorsque Coban lui promet de la laisser voir Païkan une dernière fois.

Pendant qu'Eléa partage ses souvenirs, Hoï-To est descendu dans l'Oeuf avec du matériel photographique ; à l'intérieur, la glace des murs a fondu, révélant des inscriptions que Hoï-To photographie immédiatement. Il fait tout traduire par Lukos : il s'agit de textes scientifiques, littéraires, philosophiques, et historiques ; en particulier, des symboles mathématiques qui entourent le symbole de l'équation de Zoran.

Eléa a été examinée par les assistants de Coban, qui l'ont préparée, et lui ont donné le sérum développé par Coban pour survivre à la cryogénisation. Elle se réveille plus tard dans une cellule, surveillée par un garde. Elle le convainc de la laisser sortir en échange de sexe, mais le tue avant de s'enfuir, dégoûtée par lui.

Coban parle à Païkan, lui annonçant comment Eléa s'est évadée, en lui rappelant pourquoi il a besoin d'Eléa dans l'Abri, tout en lui expliquant qu'Eléa a bénéficié de la seule dose existante du sérum, et que personne ne peut maintenant la remplacer. La Tour d'Eléa et Païkan est lourdement gardée ; Païkan fait diversion en générant une tempête, et s'enfuit avec Eléa, qui était cachée dans la piscine. Ils s'enfuient dans un véhicule lent, espérant atteindre Lamoss avec un engin longue-distance, qu'ils comptent trouver dans un Parking de la ville souterraine. Ils arrivent à la 5e Profondeur, mais leurs clés ne marchent plus ; Coban leur annonce qu'il a désactivé leurs comptes, et peut les localiser avec leurs clés. Il montre le visage d'Eléa à la télévision, annonçant qu'elle est recherchée, et demandant à tous les citoyens gondas de la dénoncer. Païkan cache le visage d'Eléa, mais ils sont vus par un mendiant, un sans-clé, qui les suit. Ils arrivent au milieu d'une manifestation étudiante, qu'une compagnie de Gardes Blancs (force élite du Conseil) vient disperser avec violence.

Lokan annonce qu'il a envoyé un ambassadeur à Lamoss, espérant qu'Enisoraï va faire de même, pour éviter que le conflit s'aggrave. Les gardes tirent sur les étudiants, et Païkan parvient à tuer un garde et lui voler son arme G dans la confusion. Eléa et Païkan arrivent au Parking, qui est gardé ; Païkan tire, faisant exploser une grenade soporifique qui endort tous les gardes, mais il en inspire le gaz par erreur. Le sans-clé qui les suivait intervient, aidant Eléa à traîner Païkan jusqu'à une porte secrète, qui les mène au Grand Escalier, une partie désaffectée de la ville, dans laquelle vivent les sans-clés. Païkan se réveille, et lui et Eléa suivent le sans-clé, qui leur conseille de descendre d'une Profondeur pour atteindre le Parking, qui ne sera peut-être pas gardé à tous les étages. Alors qu'ils descendent l'Escalier, des gardes arrivent en défonçant une autre porte secrète. Païkan fait un trou dans le sol, par lequel ils s'enfuient, arrivant dans un lac souterrain situé juste en-dessous du Parking de la 6e Profondeur. Païkan fait un trou dans le plafond, et le sans-clé les quitte ; Eléa et Païkan parviennent à voler une navette, avec laquelle ils partent en direction de Lamoss. Ils échangent leurs souvenirs, Païkan découvrant ce qu'Eléa a dû faire pour s'enfuir de l'Abri de Coban.

Une alerte retentit : à cause d'un assaut énisor, toutes les navettes sont rappelées au Parking automatiquement. Païkan parvient à poser la navette en catastrophe à l'extérieur de la ville. Ils partagent un dernier moment de passion, et Païkan, décidant qu'il préfère qu'Eléa vive sans lui plutôt qu'elle meurt avec lui, l'assomme avec l'arme G, l'amenant aux ascenseurs. Païkan est blessé par des troupes énisores, mais arrive tant bien que mal à l'Abri de Coban. Les souvenirs d'Eléa, enregistrés pas son subconscient, deviennent plus confus, et la transmission est finalement interrompue : Coban vient d'être ranimé. Sa respiration est difficile, et il faudra peut-être remplacer ses poumons, mais il est en vie pour le moment.

On débat la transplantation de poumons : il sera difficile de faire venir des poumons à l'EPI, et Coban a un groupe sanguin inconnu, rendant toute transfusion impossible pendant l'opération envisagée. On va tester le sang d'Eléa, pour voir s'il convient. Entretemps, les forces aéronavale internationales se déploient toujours au large de l'Antarctique.

Eléa se réveille dans l'Abri, et voit Lokan parler à Coban, avec Païkan à son chevet. Les troupes énisores progressent sans grande difficulté, et atteindront bientôt l'Arme Solaire. Païkan prépare Eléa, refusant de laisser les autres la toucher, et Eléa s'endort finalement, lorsqu'on lui place le masque sur le visage. Les énisors sont à la 3e Profondeur.

Eléa est sous le choc : elle vient de revivre des évènements qu'elle avait oubliés. Simon l'emmène hors de la salle de conférence, et les autres scientifiques devinent la suite des évènements : la destruction du Gondawa et d'Enisoraï, la modification de l'axe terrestre par l'Arme Solaire, et l'Abri recouvert de glace, rendant impossible la réanimation automatique de ses deux occupants ; la survie de l'espèce humaine, dont l'évolution recommence, obtenant une fois de plus les connaissances nécessaires à sa propre annihilation.

Les scientifiques de l'EPI, à l'instigation de Hoover, jurent de lutter contre la guerre et le nationalisme. Hoï-To révèlent ses photographies traduites : parmi les textes gondas se trouve un « Traité des Lois Universelles », qui semble nécessaire à la compréhension de l'équation de Zoran. Lebeau annonce que les poumons de Coban ont enfin arrêté de saigner. Hoover propose d'annoncer ces nouvelles au monde le lendemain, quand tous les clichés de Hoï-To auront été traduits, pour que les universités commencent à travailler sur ces nouvelles informations, espérant aussi disperser les armées amassées au large de l'Antarctique. Pendant les réjouissances, Simon reste au chevet d'Eléa, qui lui parle en français, révélant qu'elle a assimilé son langage pendant les quelques semaines qu'ils ont passé ensemble.

Lukos et la Traductrice ont fini de traduire le traité de Zoran en anglais et en français ; Hoover et Mourad, l'assistant de Lukos, font visiter la Traductrice aux journalistes, accompagnés par Léonova. Mourad remarque qu'une des caméras a un fil suspect ; en l'ouvrant, il révèle à Hoover qu'elle a été trafiquée, et a déjà transmis toute la traduction à quelqu'un qui ne peut se trouver qu'à 1000km de la base, au maximum.

Hoover déduit que les espions, pour assurer qu'ils seront les seuls à avoir ces informations, vont aussi détruire toutes les copies, les banques de données de la Traductrice, les inscriptions sur les murs de l'Oeuf, et tuer Coban. Les copies ont déjà été dissoutes à l'acide ; quatre bombes ont été fixées à la Traductrice, qui exploseront sans doute si on les touche. Hoover et Léonova se précipitent jusqu'à la Sphère, bravant le froid. La Sphère est gardée par Heath et Shanga, qui n'ont rien vu ; Hoover appelle la salle de réanimation, prévenant les autres du danger que court Coban. Arrivés dans l'Oeuf, ils voient Hoï-To, poignardé, et Lukos en train de détruire la paroi au plaser ; Léonova lui tire dessus, et il tombe, se brûlant le pied au plaser.

Lukos refuse de parler : impossible de savoir comment désamorcer les bombes posées sur la Traductrice, ou qui emploie Lukos. Alors que Hoover propose de l'injecter avec du penthotal[3], Lukos parvient à saisir le revolver de Simon et à se tirer une balle dans la tête. On fait appel aux flottes qui sont au large de l'Antarctique pour trouver le récepteur qui a obtenu les informations de la Traductrice : en coopérant, les amiraux Huston, Voltov et Wentz y parviennent, grâce au sous-marin *Neptune 1*. L'émetteur-récepteur se trouve dans un petit sous-marin caché près de la côte, incapable de repartir à cause de la tempête ; en tentant de repartir, le sous-marin est broyé.

On a appelé des démineurs à l'EPI, qui ont des difficultés à arriver à cause de la tempête, Maxwell, ingénieur de la Pile atomique de la base, suggère que l'explosion des bombes pourraient endommager la Pile, et détruire toute la base ; l'alerte est lancée, on décide de faire évacuer la base.

Les réanimateurs vont tenter une opération difficile pour sauver Coban et l'évacuer. On organise l'évacuation de la base de l'EPI, rendue difficile par la tempête : aucun hélicoptère ne peut décoller, et la base la plus proche est à 600km, les véhicules pour y parvenir manquant. Une première équipe de démineurs arrive enfin.

Dans l'Oeuf, l'opération de Coban a commencé : on transfuse le sang d'Eléa dans Coban, pour lui transmettre le sérum universel. Simon et Coban sont reliés par les cercles d'or, les réanimateurs demandant à Simon de leur signaler quand Coban commencera à transmettre des souvenirs, signe

---

[3] Ou « sérum de vérité ».

d'activité cérébrale inconsciente. Dans les souvenirs, Simon voit Païkan qui, refusant de quitter Eléa, se bat avec Coban. Résigné, il décide d'ingérer la Graine Noire, que tous les gondas gardent dans leur clé, mais la perd ; incapable de se suicider, il attaque Coban, de rage, et le tue. Païkan ferme l'Abri, mais est attaqué par un soldat énisor qui lui inflige de sévères brûlures au corps et au visage, le rendant méconnaissable, avant de mourir. Païkan, voyant que Coban est mort, active les commandes, et prend sa place dans l'Oeuf, se laissant cryogéniser à côté d'Eléa.

Simon enlève le cercle d'or : il voit la clé d'Eléa, ouverte, et comprend qu'elle a avalé sa propre Graine Noire, empoisonnant son sang et, par la transfusion, Païkan, qu'elle croit être Coban. Simon ne lui révèle pas la vérité, voyant qu'il est déjà trop tard. Simon alerte les autres, arrêtant la transfusion ; ils ne se comprennent plus, parce que la Traductrice vient d'exploser, endommageant la Pile atomique. Le courant est coupé. Eléa et Païkan sont morts.

Brivaux rétablit le courant et contacte les réanimateurs, leur intimant de sortir du Puits le plus vite possible. Simon et les autres replacent Eléa et Païkan sur leurs socles, dans l'Oeuf, avant de s'enfuir. La Pile atomique explose. Plus tard, à bord du *Neptune 1*, Simon raconte ce qu'il a vu dans les souvenirs de Païkan, et son récit est diffusé dans le monde entier.

III. PRÉSENTATION DES PERSONNAGES

– Dr. Simon

Issu d'une famille de médecins, le Dr. Simon est, au début du roman, le médecin de la Base Paul-Emile Victor. Il fait partie de l'équipe qui découvre les ruines de l'Abri, et est le premier à pénétrer dans l'Oeuf. Il tombe amoureux d'Eléa dès qu'il voit son visage, et devient son lien avec le monde moderne, la protégeant farouchement de tous contacts et interventions qui lui semblent déplacés. C'est avec lui qu'Eléa partage en premier ses souvenirs. Simon est le protagoniste principal de l'œuvre, comme en témoignent les moments où Barjaval rapportent directement ses pensées, et est aussi particulier en ce que, bien qu'il soit un scientifique de l'EPI, il se place toujours entre ses collègues et Eléa, facilitant la communication tout en cultivant une certaine distance.

– Eléa

La survivante gonda trouvée dans l'Abri. Eléa est, dans le roman, la seule représentante de la civilisation perdue du Gondawa, et la preuve vivante de son existence, puisque Païkan ne se réveille jamais de son sommeil cryogénisé. Sa grande beauté attire l'attention des médias et des peuples de tous les pays, avant même qu'elle ne soit réanimée. En partageant ses souvenirs avec les scientifiques de l'EPI, Eléa leur montre une civilisation extrêmement sophistiquée et utopique, dans laquelle la pauvreté et la maladie sont très rares. Elle est marquée, en tant que personnage, par son amour pour Païkan, qui dépasse toute notion de l'amour tel que le comprend Simon, qui encourage sa haine pour Coban, et la poussera finalement à tuer celui qu'elle croit être Coban, tout en se suicidant.

– Païkan

Le « mari » d'Eléa, responsable avec elle d'une Tour du Temps avant la dernière guerre entre Enisoraï et Gondawa. Refusant d'être séparé d'Eléa, il l'aide à fuir Coban jusqu'aux derniers instants de leur civilisation, avant de se résigner à l'abandonner pour qu'elle survive. Au dernier moment, après avoir tué Coban par accident, Païkan prend sa place dans l'Abri, restant suspendue aux côtés d'Eléa. Cependant, brûlé par un soldat énisor avant la cryogénisation, Païkan est méconnaissable, et sera tué par Eléa, qui croit tuer Coban lorsqu'elle se suicide pendant la transfusion.

– Hoover

Un ingénieur américain obèse qui devient *de facto* le chef des scientifiques de l'EPI, s'adressant en leur nom à l'ONU et au monde entier, prenant certaines décisions difficiles, et examinant toutes les découvertes faites dans la Sphère lui-même. Représentant symbolique des États-Unis pendant la Guerre Froide, il est opposé à Léonova, mais finira par tomber amoureux d'elle. Il est aussi responsable de la mort de Ionescu, qu'il tue par erreur en manipulant une arme G ; malgré cela, il reste très déterminé, parvenant à capturer Lukos avant qu'il ne puisse tuer « Coban ».

– Léonova
Une ethnologue russe, souvent en opposition avec Hoover pendant une bonne partie du roman, jusqu'à ce qu'elle tombe amoureuse de lui. Elle représente l'URSS dans la base de l'EPI, d'où son conflit initial avec Hoover. Elle est une des premières à pénétrer dans la Sphère avec Simon. Elle est plusieurs fois la voix de la modération et de la prudence dans le roman.

– Louis Grey
Responsable de l'équipe de chercheurs qui découvre les ruines de l'Abri, au début du roman.

– Brivaux
Ingénieur français, qui découvre les ruines avec un nouveau sondeur glaciaire. Considéré comme un génie par ses collègues, il est capable de comprendre et d'améliorer presque n'importe quelle machine. Il sauve Simon et les réanimateurs à la fin du roman, en rétablissant le courant dans le Puits.

– Eloi
Un mécanicien, présent au début du roman.

– Bernard
Dessinateur qui est présent au début du roman, et qui établit un plan des ruines à partir des données relevées par les sondes glaciaires.

– Lancieux
Surnommé Cornexquis, il est le responsable des sondes glaciaires au début du roman.

– Pontailler
Le chef de la Base Paul-Emile Victor, qui décide de partager les découvertes faites par l'équipe de Louis Grey avec les experts de Paris.

- Rochefoux
Un expert en missions polaires qui rejoint l'EPI malgré son grand âge, et est responsable de la plupart des grandes communications entre l'EPI et le reste du monde.

- Lister
Ingénieur anglais, responsable du « plaser », et qui perce le premier la paroi de la Sphère.

- Higgins
Ingénieur qui est tué par un dispositif de sécurité de la Sphère.

- Ionescu
Un physicien roumain qui est tué par l'arme G que Hoover examine.

- Lukos
Un philologue turc, qui a inventé la Traductrice. Il parvient à établir un contact avec Eléa en traduisant sa langue, mais trahit les scientifiques de l'EPI, cherchant à détruire leurs découvertes. Il se suicide plutôt que de révéler l'identité de ses employeurs.

- Olofsen
Un géographe danois, qui avait théorisé que la Terre tournait autrefois sur un axe différent. Sa théorie est enfin validée par les témoignages d'Eléa.

- Hoï-To
Un physicien japonais, qui découvre les inscriptions sur la paroi de l'Oeuf, et les photographie, les amenant à Lukos pour qu'elles soient traduites. Il est tué par Lukos quand celui-ci trahit l'EPI.

- Heath
Un scientifique anglais, qui demande la rédaction d'une Déclaration de Loi Universelle. Il garde l'entrée de la Sphère à la fin du roman.

- Mourad
Adjoint de Lukos, qui découvre que les caméras qui filment la Traductrice ont été trafiquées.

– Maxwell
Ingénieur, responsable de la Pile atomique qui alimente la Base de l'EPI. Il réalise que l'explosion de la Traductrice endommagerait la Pile atomique, et ordonne l'évacuation de la Base.

– Réanimateurs
Forster, Moïssov, Zabrec, Van Houcke, Haman et Lebeau. Les plus grands experts dans leur domaine, ils sont invités à rejoindre l'EPI pour réanimer les survivants trouvés dans l'Oeuf. A la fin du roman, ils tentent de réaliser une opération désespérée pour sauver « Coban » (Païkan), qui est sabotée par Eléa.

– Coban
Le plus grand savant du Gondawa, inventeur de plusieurs sérums universels qui ont facilité la vie des gondas ; en raison de son intelligence exceptionnelle, il n'a jamais été désigné, et n'a pas de partenaire constante. Conscient de la menace que représentent l'Arme Solaire et Enisoraï, il fait construire un Abris qui accueillera les meilleurs homme et femme du Gondawa, pour reconstruire la civilisation gonda après l'Apocalypse. Il renonce à sauver sa fille, Doa, pour le bien du Gondawa. Il est tué par Païkan, qui prend sa place dans l'Abri.

– Lokan
Le président en fonctions du Gondawa pendant l'Apocalypse. Il cherche à rassurer les citoyens gondas jusqu'au bout, faisant intervenir des forces spéciales pour disperser les manifestations étudiantes.

– Kutiyu
Le chef énisor pendant l'Apocalypse. Poussé par un désir de conquête, son attaque sur Gonda-1 cause la fin du monde.

– Le sans-clé
Un mendiant gonda qui aide Eléa et Païkan à s'enfuir et à arriver au Parking de la 6e Profondeur.

– Famille d'Eléa
Ses parents (qui ne sont pas nommés), son frère Forkan, mobilisé à Gonda-41 pendant la guerre, et sa belle-sœur Anéa.

– Lona
Une jeune femme gonda, candidate à une place dans l'Abri. Elle est éliminée lorsqu'il se révèle qu'elle est enceinte, ce qui selon Coban pourrait rendre le processus de conservation plus difficile.

– Soutaku
Un universitaire énisor, qui devait prendre le pouvoir en Enisoraï pour empêcher la guerre, mais échoue.

– Joao de Aguiar
Délégué du Brésil et président de l'Unesco, qui présente au monde les images que l'EPI lui envoient par le satellite Trio, révélant l'Abri et son contenu.

– John Gartner
PDG de la Mécanique et Électronique Intercontinentale, qui prête les ordinateurs de sa société pour aider l'EPI à traduire le gonda.

– Juan Fernandez
Un espion qui prétendait travailler pour *la Nacion*, et tente de tuer « Coban », mais meurt de froid dans l'Oeuf.

– Amiraux Huston, Voltov et Wentz
Amiraux respectivement américain, russe et allemand, qui travaillent ensemble pour trouver le petit sous-marin dans lequel se trouve l'émetteur qui a reçu les informations envoyées par Lukos.

– La famille Vignont
Une famille française moyenne, témoin des évènements, et qui représentent l'avis du peuple dans le roman, de l'indifférence à la révolte. Barjavel les mentionne lors des plus grands moments de l'œuvre, comme lorsque les survivants de l'Oeuf sont révélés, ou que la mort d'Eléa et Païkan est

annoncée, racontée par Simon. La réaction du fils Vignont, à la fin de l'œuvre, suggère un grand changement dans le monde, inspiré par les étudiants gondas qui manifestaient contre la guerre.

- Yuni
Un disc-jockey londonien, qui diffuse les battements du cœur d'Eléa, inventant la « danse de l'éveil ».

IV. AXES DE LECTURE

- Un commentaire social aux sujets variés

Dans *la Nuit des Temps*, Barjavel aborde, par la comparaison entre le monde du temps d'Eléa et le monde moderne, plusieurs sujets sociaux et politiques importants. Tout d'abord, le conflit entre Enisoraï et Gondawa est une métaphore à peine voilée de la Guerre Froide ; de la même façon, les manifestations étudiantes gondas, et sont imitées à la fin du roman par les étudiants du monde entier (l'écriture du roman précède cependant les évènements de Mai 68[4] et même le Summer of Love[5]) sont la preuve d'une mentalité hippie tout à fait assumée. Enfin, l'écologie est aussi un sujet important de l'œuvre, la préservation de la Terre étant un enjeu massif à l'époque d'Eléa comme à l'époque moderne.

Gondawa et Enisoraï, les deux grandes puissances mondiales du temps d'Eléa, sont engagées dans un conflit permanent, qui prend parfois des allures de Guerre Froide ; ainsi, la troisième guerre, qui a principalement lieu sur la Lune et fait 800 millions de morts, s'arrête avec l'établissement d'une zone neutre sur la Lune, qui sépare la zone gonda de la zone énisore. A cette situation tendue s'ajoute le fait que les énisors sont beaucoup plus nombreux que les gondas, qui possèdent de leur côté l'Arme Solaire, capable de détruire entièrement Enisoraï. Les deux puissances se retrouvent

---

[4]Grandes manifestations organisées par les étudiants et les syndicats en Mai 1968.
[5]Mouvement hippie de 1967, lancé pour protester contre le gouvernent et la Guerre du Vietnam.

donc dans une impasse, tout comme l'URSS et les Etats-Unis pendant la Guerre Froide.

Les manifestations des étudiants gondas, qui protestent contre la guerre avec Enisoraï, n'est pas sans rappeler les divers mouvements étudiants de la fin des années 1960 ; sans avoir pu s'inspirer des évènements de Mai 68 (qui n'avaient pas encore eu lieu lorsqu'il écrivait *La Nuit des Temps*), Barjavel évoque toute une atmosphère d'insubordination et de révolte des jeunes qu'il est intéressant de comparer avec ces évènements historiques. Ainsi, les manifestations des gondas sont violemment réprimées par les forces spéciales du Conseil gonda, qui vont jusqu'à utiliser leurs armes G de façon létale. L'exemple des étudiants gondas est repris par les étudiants du monde moderne, qui manifestent en masse contre la guerre après la destruction de la base de l'EPI, reprenant même le « Pao » (« non ») des gondas.

Enfin, le pacifisme et la générosité de la plupart des personnages du roman (en particulier les scientifiques de l'EPI) suggèrent une idée égalitaire de la société selon Barjavel, dont les membres partageraient les ressources et les connaissances. En effet, c'est la base même de la société gonda, dont la technologie est suffisamment avancée pour limiter le travail de ses membres au strict minimum tout en assurant quand même leur prospérité, produisant nourriture et énergie à partir de rien et sans déchets. En plus de cette conception presque marxiste de la vie en communauté, les gondas accordent aussi une très grande place à l'écologie, n'abusant pas des ressources naturelles de la Terre.

Ainsi, Barjavel utilise la société gonda et son conflit avec Enisoraï pour critiquer presque ouvertement les conflits réels entre États-Unis et URSS, tout en encourageant des notions hippies telles que le pacifisme et le respect de la nature, et justifiant, en un sens, les révoltes étudiantes contemporaines à la parution de son œuvre.

– Hoover et Léonova : une réponse positive à la Guerre Froide

Les personnages de Hoover et Léonova représentent, respectivement, les États-Unis et l'URSS, d'où une certaine animosité entre eux au début du roman. Leur opposition idéologique (et symbolique), surtout entretenue par Léonova, se transforme progressivement en amitié, puis en amour, lorsque les deux personnages surmontent ensemble des obstacles posés par le reste du monde. Le couple est donc, pour Barjavel, un moyen de suggérer que la paix et la coopération est possible entre les deux superpuissances, pour le bien de l'Humanité.

L'opposition entre Hoover et Léonova dépasse la simple politique : Hoover est un ingénieur américain obèse, Léonova est une ethnologue russe petite et mince. Au début du roman, ils donc sont parfaitement opposés l'un à l'autre, comme le sont les États-Unis et l'URSS pendant la Guerre Froide ; de plus, si Hoover à tendance à taquiner Léonova, c'est elle qui rappelle sans cesse que leurs idéologies sont incompatibles, et que le capitalisme lui est particulièrement répugnant.

C'est l'absence d'une vraie croyance dans le système capitaliste, chez Hoover, qui permet le rapprochement entre les deux personnages ; Hoover, se plaçant en chef des scientifiques de l'EPI, est toujours en faveur d'un partage des connaissances acquises dans les ruines avec le monde entier, allant jusqu'à menacer de détruire la Sphère si une nation essaye de s'approprier exclusivement l'or ou la technologie gonda. Hoover parvient à surmonter son cynisme et à finalement croire en l'humanité, qu'il espère pouvoir élever grâce au témoignage d'Eléa et au partage de la science gonda avec le monde entier, suivant des principes plus ou moins communistes (partage des connaissances remplaçant ici le partage des biens matériels) qui le rapproche de Léonova.

Enfin, la menace constante à laquelle sont exposés les membres de l'EPI renforce l'aspect communautaire de la base, rapprochant les scientifiques les uns des autres, en dépit de nationalités ou principes différents. Ce sens de la communauté est tel que Hoover et Léonova, malgré leurs différends, finissent même par tomber amoureux l'un de l'autre, symbolisant une volonté pacifiste chez Barjavel, une sorte de protestation face à un monde dominé par la Guerre Froide.

Ainsi, Hoover et Léonova sont un couple plus important, symboliquement, que celui d'Eléa et Païkan, puisqu'ils se sont rapprochés et s'aiment malgré des différences qui sont, au début du roman, très importantes, les opposant diamétralement. L'évolution de leur relation est donc une critique du climat de guerre imposé au monde par les deux superpuissances que sont l'URSS et les États-Unis, ainsi qu'un message de paix et d'optimisme.

– Une technologie très avancée

La technologie est un des grands sujets du roman, et un des thèmes obligatoires de la science-fiction en général. Outre la technologie gonda, cependant, Barjavel mentionne plusieurs inventions du monde moderne qui dépassent la technologie contemporaine à la date d'écriture du roman. C'est donc une technologie ancienne mais extrêmement avancée, celle du Gondawa, qui est mise en opposition avec une technologie moderne avec quelques inventions spéciales, dont le but est surtout de faire progresser l'intrigue, tout en offrant une nouvelle comparaison entre Gondawa et monde moderne.

La société gonda est ainsi basée sur l'usage de machines qui leur permettent de produire toutes leurs ressources avec des efforts minimes, à partir du « Tout », une forme d'énergie universelle et à laquelle ils accèdent grâce à l'équation de Zoran. La mange-machine crée de la nourriture *ex nihilo*, les usines sont automatisées et ne produisent pas de déchets, et les gondas peuvent même contrôler leur climat grâce à des Tours du Temps. Le génie de Coban, qui a réussi à développer un sérum qui empêche la vieillesse, et la cryogénisation sont sans doute l'apogée de cette science. Enisoraï possède également un haut niveau de technologie, puisque les colliers à l'effigie du Serpent-flamme leur donne des capacités physiques exceptionnels, qui les dispensent d'utiliser des machines.

La technologie humaine moderne n'est cependant pas en reste : Simon a été poussé à devenir le médecin de la Base Victor par son père, lui-même médecin, qui se voyait progressivement remplacé par une machine qui pouvait analyser les symptômes de ses patients à sa place. De la même façon, le « plaser » futuriste (qui mélange plasma et laser) qui permet aux scientifiques de l'EPI d'entrer dans la Sphère aura une dernière fonction destructrice, puisque Lukos s'en sert pour effacer les inscriptions de l'Oeuf ; en tombant, il se dissout le pied avec l'appareil. La Traductrice, enfin, ordinateur extrêmement important dans le roman puisqu'il permet à tous les scientifiques de se comprendre en permanence, et sera détruit par Lukos, son créateur, faisant exploser toute la Base.

Ainsi, les technologies moderne et gonda ont, dans le roman, des fonctions très différentes. Les inventions gondas montrent la beauté et la sophistication d'un « monde perdu », fonctionnant presque par magie (l'équation de Zoran se traduisant par « ce qui n'existe pas existe ») ; les inventions modernes montrent à quel point il est facile d'utiliser la technologie à des fins immorales et destructrices.

– Gondawa : une fausse utopie ?

Le Gondawa et sa société semblent, lorsqu'Eléa les montre aux scientifiques, tout à fait utopiques et égalitaires, chacun ayant accès à des ressources presque illimitées avec peu ou pas de devoirs à remplir. Cependant, la présence du sans-clé, un mendiant, semble contredire assez lourdement cette idée de société parfaite ; de plus, la cérémonie de la Désignation, qui semble parfaitement logique et positive à Eléa, peut facilement être vue comme malsaine par un œil moderne. Enfin, la répression des manifestations étudiantes gondas révèlent une société qui a facilement recours à la violence face aux pressions externes ou internes.

La présence du sans-clé et de ses congénères contredisent directement l'idée d'une société vraiment égalitaire sans riches et sans pauvres : en effet, sans clé, un gonda doit subsister grâce à la générosité de ses concitoyens plutôt que grâce au système de répartition égale des richesses ; les sans-clés sont des mendiants et des indésirables, comme le suggère leur mode de vie : ils mangent les pilules de la mange-machine que les autres gondas veulent bien leur donner, et vivent dans l'Escalier désaffecté qui relie les différents niveaux de la ville souterraine. Le dernier aspect intéressant des sans-clés est évidemment leur absence de clé : Barjavel ne révèle jamais comment un citoyen gonda devient un sans-clé, mais on peut supposer que les clés peuvent être retirées en punition, ce qui fragilise l'image de la société utopique dont Eléa se souvient.

La cérémonie de la Désignation, qui semble logique et positive au premier abord (réunir deux individus parfaitement compatibles pour qu'ils vivent ensemble, heureux), a aussi un aspect sinistre : les gondas confient à un ordinateur la mission de choisir quel homme et quelle femme se conviennent le mieux, mais Barjavel ne précise pas les critères employés par l'ordinateur ; il pourrait s'agir de critères purement sociaux, pour renforcer la société au niveau individuel, mais il pourrait aussi s'agir de critères génétiques, ce qui reviendrait à baser la société gonda sur des principes eugénistes[6]. Dans les deux cas, la Désignation annule le libre-arbitre des gondas en ce qui concerne le choix de partenaire, même si la séparation est autorisée.

Enfin, la manifestation des étudiants, qui a lieu pendant la fuite d'Eléa et Païkan, provoque une réponse démesurée de la part des autorités : le Conseil gonda envoie ses Gardes blancs, des forces d'élite, qui abattent les étudiants à l'arme G. Barjavel décrit les Gardes blancs, expliquant qu'ils sont entraînés spécifiquement pour le combat, et n'ont pas d'autre place dans la société, restant isolés tant que la situation ne nécessite pas leur intervention. La société gonda, généralement égalitaire, semble ainsi fonctionner sur un système de castes.

Ainsi, Gondawa est présenté par Eléa comme une société parfaite, où chacun a les mêmes droits et devoirs et accès à des ressources presque illimitées. Cependant, malgré sa prospérité, Gondawa n'a pas éradiqué la mendicité et la violence, et une certaine absence de liberté se fait sentir.

– L'EPI : une utopie menacée

L'EPI est une entité hautement symbolique dans le roman, représentant tout d'abord les efforts combinés de toutes les grandes nations du monde, et donc un *melting pot* de nationalités et, implicitement, de cultures. De plus, les principes adoptés par les scientifiques de l'EPI sont une évolution, en quelque sorte, des principes modernes, puisque c'est un désir de pacifisme et de partage que les découvertes faites dans l'Abri inspirent. Enfin, les réactions égoïstes des grandes nations, en particulier les super-puissances américaine et soviétique, renforce l'idée que l'EPI est une utopie, basée sur des principes positifs et marginaux.

L'Expédition Polaire Internationale, comme son nom l'indique, est un effort mondial dont le but est l'exploration des ruines gondas découvertes dans l'Antarctique. Le personnel de la base est composé de scientifiques d'au moins dix-sept nationalités différentes (la Traductrice devant traduire en dix-sept langues en permanence), dont les principes politiques sont vites

---

[6]Eugénisme : pratiques tendant à influencer le patrimoine génétique humain pour obtenir un résultat particulier.

dépassés par une certaine « curiosité scientifique », un désir de découverte, l'exemple le plus flagrant étant l'évolution de la relation entre Hoover et Léonova qui, représentant respectivement un pays capitaliste et un pays communiste, deviennent amants à la fin du roman.

Les membres de l'EPI, dont les croyances politiques et les différends deviennent de plus en plus vagues au fur et à mesure des découvertes faites dans l'Abri et dans les souvenirs d'Eléa, et leurs principes évoluent en conséquence. Lorsque l'ONU cherche à définir à quel pays l'or et la technologie gonda appartiennent, allant jusqu'à voter l'envoi de troupes de Casques bleus au Pôle Sud, les scientifiques de l'EPI, menés par Hoover, leur lancent un ultimatum, menaçant de détruire les ruines gondas plutôt que de se soumettre à la violence, proclamant que tout ce qui sera trouvé dans les ruines appartiendra à l'humanité entière. La proposition de Heath d'établir une « Déclaration de Loi Universelle » suit la même idée, et montre que les scientifiques de l'EPI se sont débarrassés de leurs principes personnels pour en suivre de nouveaux, universels et positifs.

Enfin, la marginalité de l'EPI et de ses principes est renforcée par l'attitude déplorable de l'ONU et des nations les plus puissantes, qui, pour s'approprier les richesses et la technologie gondas, vont jusqu'au sabotage, à l'espionnage, et à l'envoi de forces armées. Par contraste (et d'une manière générale), les motivations des membres de l'EPI, qui veulent simplement partager les connaissances qu'ils acquièrent dans l'Abri, sont beaucoup plus nobles.

Ainsi, l'EPI, symbole de coopération entre toutes les nations, devient la victime des intérêts particuliers de ces mêmes nations ; même l'ONU, traditionnellement associé à une certaine idée de bienveillance et de pacifisme, est corrompu par le désir d'obtenir les richesses et machines gondas, révélant sa vraie nature alors que les scientifiques de l'EPI ne sont intéressés que par les découvertes qu'ils pourraient faire, et qu'ils pourraient partager avec le monde entier. L'EPI devient alors une sorte de sanctuaire du pacifisme et de la curiosité scientifique, totalement opposé aux basses motivations du reste du monde.

Dans la même collection en numérique

Les Misérables
Le messager d'Athènes
Candide
L'Etranger
Rhinocéros
Antigone
Le père Goriot
La Peste
Balzac et la petite tailleuse chinoise
Le Roi Arthur
L'Avare
Pierre et Jean
L'Homme qui a séduit le soleil
Alcools
L'Affaire Caïus
La gloire de mon père
L'Ordinatueur
Le médecin malgré lui
La rivière à l'envers - Tomek
Le Journal d'Anne Frank
Le monde perdu
Le royaume de Kensuké
Un Sac De Billes
Baby-sitter blues
Le fantôme de maître Guillemin
Trois contes
Kamo, l'agence Babel
Le Garçon en pyjama rayé
Les Contemplations

Escadrille 80
Inconnu à cette adresse
La controverse de Valladolid
Les Vilains petits canards
Une partie de campagne
Cahier d'un retour au pays natal
Dora Bruder
L'Enfant et la rivière
Moderato Cantabile
Alice au pays des merveilles
Le faucon déniché
Une vie
Chronique des Indiens Guayaki
Je voudrais que quelqu'un m'attende quelque part
La nuit de Valognes
Œdipe
Disparition Programmée
Education européenne
L'auberge rouge
L'Illiade
Le voyage de Monsieur Perrichon
Lucrèce Borgia
Paul et Virginie
Ursule Mirouët
Discours sur les fondements de l'inégalité
L'adversaire
La petite Fadette
La prochaine fois
Le blé en herbe
Le Mystère de la Chambre Jaune
Les Hauts des Hurlevent
Les perses
Mondo et autres histoires
Vingt mille lieues sous les mers
99 francs
Arria Marcella
Chante Luna

Emile, ou de l'éducation
Histoires extraordinaires
L'homme invisible
La bibliothécaire
La cicatrice
La croix des pauvres
La fille du capitaine
Le Crime de l'Orient-Express
Le Faucon malté
Le hussard sur le toit
Le Livre dont vous êtes la victime
Les cinq écus de Bretagne
No pasarán, le jeu
Quand j'avais cinq ans je m'ai tué
Si tu veux être mon amie
Tristan et Iseult
Une bouteille dans la mer de Gaza
Cent ans de solitude
Contes à l'envers
Contes et nouvelles en vers
Dalva
Jean de Florette
L'homme qui voulait être heureux
L'île mystérieuse
La Dame aux camélias
La petite sirène
La planète des singes
La Religieuse
1984 A l'Ouest rien de nouveau
Aliocha
Andromaque
Au bonheur des dames
Bel ami
Bérénice
Caligula
Cannibale
Carmen

Chronique d'une mort annoncée
Contes des frères Grimm
Cyrano de Bergerac
Des souris et des hommes
Deux ans de vacances
Dom Juan
Electre
En attendant Godot
Enfance
Eugénie Grandet
Fahrenheit 451
Fin de partie
Frankenstein
Gargantua
Germinal
Hamlet
Horace
Huis Clos
Jacques le fataliste
Jane Eyre
Knock
L'homme qui rit
La Bête humaine
La Cantatrice Chauve
La chartreuse de Parme
La cousine Bette
La Curée
La Farce de Maitre Pathelin
La ferme des animaux
La guerre de Troie n'aura pas lieu
La leçon
La Machine Infernale
La métamorphose
La mort du roi Tsongor
La nuit des temps
La nuit du renard
La Parure

La peau de chagrin
La Petite Fille de Monsieur Linh
La Photo qui tue
La Plage d'Ostende
La princesse de Clèves
La promesse de l'aube
La Vénus d'Ille
La vie devant soi
L'alchimiste
L'Amant
L'Ami retrouvé
L'appel de la forêt
L'assassin habite au 21
L'assommoir
L'attentat
L'attrape-coeurs
Le Bal
Le Barbier de Séville
Le Bourgeois Gentilhomme
Le Capitaine Fracasse
Le chat noir
Le chien des Baskerville
Le Cid
Le Colonel Chabert
Le Comte de Monte-Cristo
Le dernier jour d'un condamné
Le diable au corps
Le Grand Meaulnes
Le Grand Troupeau
Le Horla
Le jeu de l'amour et du hasard
Le Joueur d'échecs
Le Lion
Le liseur
Le malade imaginaire
Le Mariage de Figaro
Le meilleur des mondes

Le Monde comme il va
Le Parfum
Le Passeur
Le Petit Prince
Le pianiste
Le Prince
Le Roman de la momie
Le Roman de Renart
Le Rouge et le Noir
Le Soleil des Scortas
Le Tartuffe
Le vieux qui lisait des romans d'amour
L'Ecole des Femmes
L'Ecume Des Jours
Les Bonnes
Les Caprices de Marianne
Les cerfs-volants de Kaboul
Les contes de la Bécasse
Les dix petits nègres
Les femmes savantes
Les fourberies de Scapin
Les Justes
Les Lettres Persanes
Les liaisons dangereuses
Les Métamorphoses
Les Mouches
Les Trois mousquetaires
L'étrange cas du Dr Jekyll et de Mr Hyde
L'Ile Au Trésor
L'île des esclaves
L'illusion comique
L'Ingénu
L'Odyssée
L'Ombre du vent
Lorenzaccio
Madame Bovary
Manon Lescaut

Micromégas
Mon ami Frédéric
Mon bel oranger
Nana
Ne tirez pas sur l'oiseau moqueur
Notre-Dame de Paris
Oliver twist
On ne badine pas avec l'amour
Oscar et la dame rose
Pantagruel
Le Misanthrope
Perceval ou le conte du Graal
Phèdre
Ravage
Roméo et Juliette
Ruy Blas
Sa Majesté des Mouches
Si c'est un homme
Stupeur et tremblements
Supplément au voyage de Bougainville
Tanguy
Thérèse Desqueyroux
Thérèse Raquin
Ubu Roi
Un Barrage contre le Pacifique
Un long dimanche de fiançailles
Un secret
Vendredi ou la vie sauvage
Vipère au poing
Voyage au bout de la nuit
Voyage au centre de la terre
Yvain ou le Chevalier au lion
Zadig

À propos de la collection

La série FichesdeLecture.com offre des contenus éducatifs aux étudiants et aux professeurs tels que : des résumés, des analyses littéraires, des questionnaires et des commentaires sur la littérature moderne et classique. Nos documents sont prévus comme des compléments à la lecture des oeuvres originales et aide les étudiants à comprendre la littérature.

Fondé en 2001, notre site FichesdeLectures.com s'est développé très rapidement et propose désormais plus de 2500 documents directement téléchargeables en ligne, devenant ainsi le premier site d'analyses littéraires en ligne de langue française.

FichesdeLecture est partenaire du Ministère de l'Education du Luxembourg depuis 2009.

Plus d'informations sur www.fichesdelecture.com

© FichesDeLecture.com
Tous droits réservés
www.fichesdelecture.com

ISBN: 978-2-511-02792-9

Made in the USA
Coppell, TX
13 May 2022

77745890R00022